おゆざきひより
OYUZAKI Hiyori

文芸社

秋はなぜか空を見上げてしまう。
晴れた秋の空……寒い冬がくる前のほんのひととき……。
僕は今日も大きな窓からぼんやりと外を眺めている。
空にはたなびく雲がゆっくりとビルの間を右から左へ流れて
目の前には東京駅の赤レンガが広がり電車が通り
下の道路をスーツケースをたずさえた旅行者やビジネスの人達が往来している。
店内にはショパンのノクターン第２番が流れている。
あの日からもうすぐ一年か……。
気持ちはあの日で止まっている。
ただ時間だけが僕を否応なしに押し流し、連れ去ってしまう。
お母さんがどんどん遠くなってゆく。

本文イラスト　おゆざき　ひより

プロローグ　天国のお母さんへ ──

令和五年の元旦にお母さんが突然いなくなり、早数か月……。いなくなった寂しさ、悲しさ、むなしさ、怒り……負の感情が次から次へと際限なく押し寄せ、その喪失感をかみしめながら生きています。

お母さんと共に過ごした日々は、とても楽しくて充実していたよ。

お母さんの笑顔……総《すべ》てをやさしく包み込む〝あの笑顔〟に照らされて、幸せにあふれていたよ。今まで僕を、いや、家族を見守り続けてくれてどうもありがとう。お母さんが醸し出す、明るくあたたかい、柔らかなやさしい風が、雰囲気が、家の隅々にまで行き渡り、当たり前のように家族一人一人の居場所をつくり、癒やしてくれた。家族という〝かたち〟をつくり出してくれていたんだね。

お母さんがいなければ、こんなにいろいろな所に出かけ、いろいろな経験を積むことはできなかったよ。特にこの十二年間は、僕にとってお母さんとの関係が濃いものになり、ぐっと距離が縮まった。人生の旅の集大成だったと思う。

不自由な体で僕に付き合ってくれてどうもありがとう。

お母さんは、長生きできる運命をもっていた。それなのに……。僕のサポートの不手際でその運命を全く違うものにしてしまった。

お母さんと僕の二人三脚の旅のゴールは、ずーっと、ずーっと先にあったはずなのにね。「兄ちゃん」「兄ちゃん」って頼りにしてくれていたのにね……。

一番大変なときにそばにいてあげられなくてごめんね。一人でつらかったね、寂しかったね……。あの十二月の悪夢の出来事……たった十日間の入院で……あと五年も十年も、いや、百歳だって夢じゃなかった。来年は米寿、僕も還暦でアニバーサリーイヤー、楽しみにしていたのに……。ここから二人の長寿の旅のスタートだったのに……。スタートラインにさえ立たせてあげられなかった……。

旅の途中で下車させてしまった。

お母さんは天寿をまっとうすることができなかった。

もくじ

一　介護、二人の日々

振り返ってみると、母が何事もなかった年代はなかったな……。

四十代は偏頭痛に悩まされ……五十代は胃を患い、大手術をして胃の三分の二を失った。そのときの父はまだ五十代の半ばで仕事も脂が乗り、とても忙しかった。その上二十歳《はたち》そこそこのボクとまだ中学生の弟を抱え、大変だったはずだ。母もこのまま家族を残して……などと思っていたのだろうか……。二人の気持ちにどれだけ寄り添ってあげられていたのだろうか?

六十代は、母の大切なパートナーを交通事故で失った。失った年は相続も含めいろいろな手続きでバタバタとしていたこともあり、表向きには何事もなかったように見えた。しかし、一年ほど経った頃に変化があった。少しやせてしまい、当時かかりつけにしていた、以前胃の手術をした病院で診断を受けたところ、精神内科を受診することになり、その後、一か月ぐらい入院してしまった。やはりあの出来事は相当ショックだったはずだ。その年の二月初めに二人で一緒に出かけていて交通事故に遭《あ》った。一歩間違えば二人共亡くなるところだった。父は約一か月の入院中、徐々に体調が悪化してしまい、翌月、三月一日に亡くなった。二人の老後——父には母との、母には父との、それぞれの思い描いていた老後……あの日を境に全くなくなってしまった。

僕は、精神面での心労を患い入院することになった母を毎日見舞った。しかし、本当の気持ちはわかっていなかった。その当時の僕は、自分の仕事やプライベートのことでバタバタしており、そこまで気を付けてあげられなかった。今ならよくわかる。あのときの母の心境が……。もっと寄り添ってあげればよかったな……。

そして七十代は二回の脳の手術。松果体腫瘍《しょうかたいしゅよう》という聞き慣れない病名だった。一回目は七十歳のとき、二〇〇六年二月初め、場所は都内の大学病院だった。術後に記憶障害が出て自分の名前や住所、日時などあらゆる記憶がなくなり、何を聞かれても自分の名字しか答えない……。病室で家族の写真を見せたり、耳元で「お母さんの名前は〇〇、住所は〇〇、電話番号は〇〇、僕の名前は〇〇」などと一日中、朝から晩までささやき続けていた。その甲斐があったのか、手術から四日～五日経つ頃、母は、僕の質問が理解できたようで、答えは間違ってはいたが答え始めたのだ。そこからは一つ一つ記憶の糸をたどるように丁寧に質問を積み重ね続け、何とか元の生活を取り戻すことができた。

頭の中には生きるために必要な神経が縦横無尽に張りめぐらされているらしいが、本当に怖い思いをした。

そうしてやっと平穏無事な生活が戻ってきたのに、それから五年後、七十五歳のときにまた同じところ、松果体腫瘍の再発、二回目の手術……。一回目も大手術で六時間も七時間もかかり、術後あんなに危ない目に遭ったのにまた……。母の二回目の手術、二〇一一年二月初め、今度の場所は、福島県郡山市内の大病院だった。都内で診察をしてくれた医師、その医師が師事している、〝神の手〟と言われ、テレビでも取り上げられている有名医師を頼ってのものだった。二度目の手術という難しさゆえの代償……その代償はあまりにも大きく、最終的にはこのことが、母の健康的な生活を困難にした。小脳の神経に傷がついてしまい、その後遺症で運動失調になってしまった。症状は、右手、右足の機能障害……。対象物にアプローチしようとすると、手が振れてしまい、うまくアプローチできない。歩行もしかり、振れているのでバランスをとりづらく、手でつかまっていないと転んでしまう。左目の複視、対象物を見るとき重なって見えてしまうのでどうしても片目をつぶりがちになる。術後のリハビリは、一回目のときと違い、後遺症がある分なかなか思うようにはかどらず、三月にずれ込んだ。

（このままだと五月のゴールデンウイークぐらいまでこの病院にお世話になりそうだな。東京でもこの時期はまだまだ冬の気候で寒いし、暖かくなってから戻ってもいいな、慌てずゆっくりだな……）

そんなことを考えていた矢先の十一日、その日も午後からのリハビリを終え、病室のある棟への連絡通路を、車いすを押して渡っていたとき、小さな揺れを感じた。その揺れは次第に大きくなってゆく。病室に戻る手前で「ゴゴゴゴ……」という、これまで聞いたことがない地鳴りのような音。経験したことがない大きな揺れに、僕、そして付き添いの看護師さんは、ただただしゃがんで身をすくめ、壁に設置されている手すりにつかまり車いすを押さえ、この大きな揺れが早く収まってくれることを願い、待つことしかできなかった。ふと周りをみると、同じような人の塊がフロアーのあちこちにいる。この地域が震源なのかな。僕達はいま三階にいる。この建物が倒壊したら……「死ぬかも……」。

先日、二月にニュージーランドで大地震が発生したとき、建物が倒壊したがエレベーター付近は無事だったとテレビのニュースで伝えていたことを思い出していた。エレベーターのところに移動した方がいいかも……そう思ってはいたが体が動かなかった。

とっても長い揺れ、時間的には二〜三分、いや三〜四分か……でも体感的にはその二倍か三倍ぐらいに感じた。

やっと揺れが収まった。どうやら建物は無事のようだ。三人は病室に戻った。部屋の冷蔵庫は扉が開いてしまい、中のものが外に散乱してしまっている。

「やっぱり……強く大きな揺れだったものな」

そしてテレビをつけると、我々がいまいる福島県をはじめ、近隣の県も地震による大きな被害が出ていると報道がされていた。そしてその後の津波の映像が流れている。

本当？……作り物のような非現実的なこの映像に言葉を失った。マグニチュード９の、東日本の太平洋沖を震源とした大地震だった。日本は世界有数の地震大国で、いずれ遠くない未来に大地震がくるとは言われていたけれど、まさか自分が生きているうちに、しかも普段東京に住んでいる母と僕が、たまたま訪れたこの地で大地震に遭遇するとは……。この病院は停電もなく建物の被害もないみたいだったが、断水してしまった。トイレはもちろんのこと、食事の提供も缶詰が中心になってしまった。何となく取り残された感がある。

「お母さんのためにも、しっかりしなきゃだな」

そう自分に何度も言い聞かせる。が、そんな気持ちを大きく揺るがす出来事が起こる。あのときから、何度も予震ともいえる揺れが続いていた。そして大地震の翌日の十二日、福島第一原発1号機の建屋の爆発とそれにともなう放射性物質の拡散、その二日後の十四日に今度は3号機の建屋爆発によりさらなる放射性物質の拡散。昼夜を問わずこれらの映像がテレビで流れ続け、僕は目を疑うのを通り越して恐ろしくなった。底知れない恐怖、人体に深刻な影響を及ぼす、放射性物質という目に見えない恐怖。

その日から僕は、病院の窓から見える、屋上に設置された旗の向き、風向きばかりを気にするようになった。

なんだか心がざわざわして母のリハビリに集中できていない自分がいる。一日中テレビから流れる原発関連のニュースが気になって、夜も眠れない、落ち着かない。このままではだめだ。僕は意を決した。看護師さんに事情を話し、担当の先生に相談して十五日の夕方、急遽《きゅうきょ》東京の系列病院に転院させてもらった。新幹線などの鉄道は機能していない。県外に出られるのは空路と陸路である。

空路は、空港までの距離や座席の手配も含め難しい。県外まで行ってくれるタクシーで出発した。時刻は夕方の四時だ。まだ万全ではない母を連れて病院を出る。想定外なので荷物はほとんど置いてきた。看護師長さんとリーダーの二名の女性が玄関まで見送ってくれた。「いろいろとお世話かけました。ありがとうございました」

心優しい方々だったな……。

タクシーで福島県を出て隣の栃木県の宇都宮まで、小雨が降る中を車は走る。緊急車両専用になっているため、高速道路は使えない。東京方面に向かう一本道の国道、やはり渋滞してしまった。途中からのろのろ運転になり、なかなかスムーズに進まない。雨は少しずつ強まってゆく。後部座席、隣の母の様子が心配だ。

「はやく着け」そう願うも時間だけがどんどん過ぎてゆく。道中、コンビニエンスストアーでトイレを借り、夕食を調達し、車内で運転手さんも含め三人で食べた。震災前に東京に戻っていた弟と連絡をとりながら今日の宿を探す。この日は宇都宮で宿をとり、明日弟と合流して東京まで戻る予定にした。ようやく宇都宮の駅前に着いたのは夜十一時過ぎだった。

新幹線ならものの三十分、高速道路でも一～二時間ぐらいで行けるところを七時間もかかるとは……まさしく緊急事態の光景だ。

「ありがとうございました、助かりました」

七時間もかけて県外まで運んでくださった運転手さんには感謝しかない。彼はまた僕らが居た所に戻るのだ。病院の方々も、出たくても出られない人達もいる。

切羽詰まって出てきたが、少し後ろめたくもあった。弟に予約してもらっていた駅前のビジネスホテルに泊まった。母もどうにか大丈夫だった。まだ明日もあるが、いろいろな意味で少しホッとした。

翌朝、この日は快晴だ。宇都宮駅で弟と合流し、那須塩原駅発の新幹線で戻ってきた。

「やっと東京だ」

東京駅構内で昼食をとり、新宿駅からタクシーで三十分ぐらいで系列の病院に到着、ここでリハビリを続けることになった。母は毎日頑張ってリハビリをしている。僕は毎日付き添うことしかできないけど、ずっとそばに付いていてあげたかった。

八月末の満期ぎりぎりまで入院し、その後老健（老人保健施設）に約二か月ほど入所し、十一月半ばにようやく母は自宅に戻ってきた。一年のほとんどを入院に費した年になった。世の中的にも、大震災があり稀にみる大変な年だったと思う。結局、母の後遺症は思うように改善されず、この年から母と僕の二人三脚の介護生活がスタートした。

リハビリはやっていたが、神経を損傷しているためなかなか改善は見込めなかった。それでも母はくじけず、振れる右の手を左の手でおさえ、揺れる右足を健常な左の手と左の足で補い頑張って日常生活を送っていた。そんな頑張り屋さんの母と二人での自宅での生活……僕もできるだけ母の生活の健康レベルを引き上げたくていろいろ試みた。本やテレビ、インターネットなどで少しでも効果がありそうなものは取り入れてみたりと……だけどどれも決定的なものはなくて、そのうち、僕の不手際で骨折で入院したり、手術での後遺症と思われる〝てんかん〟での入院があり、あの二回目の手術からわずか二〜三年で要介護1だったレベルが一気に3まで落ちてしまった。

そして、介護生活がスタートして五年、六年と過ぎ平成が終わり新たな元号、令和がスタートした矢先の二〇二〇年。新型コロナウイルスという得体の知れない病気の蔓延《まんえん》で、その年の夏に東京で行われるオリンピックは延期になった。母の干支の年だったので楽しみにしていたのに……。

コロナウイルスは日本、いや世界を恐怖におとしいれた。僕にとっては、二〇一一年の福島での出来事を思い起こさせる、心をざわつかせる閉塞感があった。当然、母の身の上にも変化があった。週三回の訪問リハビリを受けていたのだが、僕はコロナのことが気になってしまい、二月いっぱいで一時的（？）にそれを終了させてしまった。以前は週に一～二回、そして月に何回かは電車に乗って新宿や銀座などの近場の外出を楽しんでいたのだが、何もできなくなった。電車やバスにも乗らず、気晴らしにするのは近所の散歩とスーパーでのまとめ買いぐらい。母と僕、二人だけの孤立した生活が始まった。

外部との接触がなくなったせいなのだろうか。コロナが流行してからの半年～一年ぐらいで、母は体が細くなってしまった。以前はMサイズの服、もう少し前はLサイズ。元々は若い頃からスマートで五十代での胃の手術後もどちらかといえばやせていたが、車いすでの生活になってからは少しふっくらとしてきていた。年をとってからは小太りぐらいが丁度いいとも言われている。やせていると、生きていくための体力がもたないみたいだ。だから安心していたのだが、みるみるLサイズがMサイズに、そして今年はSサイズになってしまった。元来食は細いほうだった。毎日の必要な薬を処方してもらう近所の病院の医師からも、血液検査の結果で栄養不足を何回も指摘されていた。僕もなるべく三食栄養面のバランスを考えて品数を増やしてはいたが、全体の食べる量が少ないので、なかなかしんどい。

さらに母は六十代から骨粗しょう症でもあり、これまでに圧迫骨折もしている。体のためには負荷をかけた運動も必要だが、加減が難しい。やり過ぎると……、ついこの間もやってしまった。

結局骨を強化するための注射を毎日自宅で打つことになってしまった。僕が就寝前に母の腹部に打つのだが、最初は少し怖かった。でも仕方がなかった。

そうしたコロナ禍での二人の孤立生活は続き、二〇二二年になると、ようやく電車などの公共交通を使って出かけられるような環境になってきた。コロナウイルスのワクチン接種の用紙は自宅に届いてはいたが、僕の生来の医者嫌いや、この初めての病気に対する初めてのワクチンに根拠のない疑心もあり、予防接種は受けさせていなかった。

コロナが流行して早二年、感染者数が急激に増加したときも大丈夫だった、だからこれからも大丈夫――。今となってみれば、これこそ根拠のない自信でしかなかった。

母は、見た目だけでなく最近は歯や耳も一層不具合になり、認知機能も低下して本当に毎日を満身創痍で頑張って生きていた。コロナのために先送りになっていた介護認定、今度で要介護４、それも５（５は寝たきり）に近い４だろうな……。でも年を重ねるたびになんだか〝かわいらしい〟雰囲気をまとった佇まいになってきて……そんな〝かわいいお母さん〟が……。

いつも当たり前にあった日常の風景……。

朝、七時ぐらいに起きる。台所で朝食の準備に取りかかる。前日の残りのごはんでおかゆをつくり梅干と削りぶしをペーストにし、味の素とおしょうゆを少々加えて上に添える。たまごは目玉焼きにして味の素とおしょうゆ、バルサミコ酢を加える。これに生野菜、前日の残りもののごま和えを一皿に盛り付ける。スープも前日からのもの。食パンはフライパンにバターをひき弱火で焼く。同じくフライパンにオリーブオイルをひいてバナナを焼く、スライスしてはちみつを少々加えヨーグルトと和える。あとは紅茶をいれて完成。

九時過ぎ……母の様子を伺いながら起こす。寝ている体を、膝を立ててから右手をお尻の下に、左手を背中の下に置き、腰を支点にしてぐるっと上体をゆっくりひねりながら起こし座ってもらう。

足首から膝にかけて軽くマッサージをする。足首をぐるぐるとゆっくり回す、左右交互に……。立ち上がって室内のポータブルトイレに移動する。太ももの裏に両手をあてて抱え込む、母も僕にしがみつくのでテンポよく歩く。「兄ちゃんだよ、兄ちゃんだよ」と言いながら。

ズボンと紙パンツをおろしてポータブルトイレに座ってもらう。紙パンツの中にある尿とりパッドを新しいものと取り換える。

しばらく座ってもらい、まずは、ベッドの上に敷いた布団二枚を三つ折りにして押し入れに、掛け布団も同様に仕舞ったらベッドをソファーにして所定の位置に。ここで母にはソファーに移ってもらう。あたたかいタオルで顔を拭く（夏はつめたいタオルで背中も拭く）。次に水歯みがき液で口をすすぐ……「ぐちゅぐちゅぺー」「がらがらぺー」と清潔にする。引き続いて口の運動、誤嚥《ごえん》予防に効果があるみたい……舌を口の中でぐるぐると回す。右回りに十回、左回りに十回、次に舌を巻いて「るるるるる」と連続で発声する。「ぱ、ぱ、ぱ」「た、た、た」「か、か、か」「ら、ら、ら」「ぱーたーかーらー」と連続で発声する。もちろん僕も一緒に行う。

車いすに移り、朝食のスタート。テレビの朝のワイドショーを見ながらのんびりと……。朝食のメニューは、ほぼ毎日同じで、週に一回主に火曜か水曜にフレンチトースト。

そして主に土曜か日曜にサンドイッチにしている。朝食が終わると、食後のお薬、骨の薬、逆流性食道炎の薬、てんかん予防の薬、高脂血症の薬の四種類を服用する。次は、トイレに移動してもらう。

待つこと三十分、ようやく母の定位置、一日のほとんどを過ごすソファーに移る。

「もうすぐお昼か……。お母さん、もうお昼だよ、十二時だよ」

なんて言ってたよね。当然お昼ごはんもずれ込んで、だいたい二時ぐらいになる。

太めのパスタを茹でてラーメンにする。

もやしとベーコンをごま油で炒め、コンソメスープを注ぎ入れ、水溶き片栗粉を回し入れ、よくかき混ぜる、そこにオイスターソース、バルサミコ酢を投入。そのスープを茹でた麺の入った器に注ぎ、バター一片《かけら》、半分にした半熟たまごを添えて、オリジナルのコンソメバターラーメンの完成。ちなみに七月から九月半ばの夏の間は冷し中華にしている。

朝食と同様、こちらも週一回、ほぼ日曜はパスタ・ナポリタンか、パスタの麺を使った焼きそばにしている。二時半過ぎ、ようやくお昼ごはんを食べ終えて、朝から続いていた動作を一旦リセット、ここで小一時間ほど休憩する。ソファーで母と横並びでテレビを見ながらまったりする。まどろみながらのお昼寝タイムになる。お出かけの日以外は、大抵ソファーで眠っていることが多い母……でも、僕が隣で眠っているときは、なぜか目をしっかりと開け、テレビを見ている。今もそのことは謎である……。

夕方四時半から五時ぐらいのお茶の時間が、おやつタイムだ。スーパーなどで買ったマドレーヌ風のソフトなお菓子、チョコレートなど甘いおやつ、紅茶でティーブレイク……リビングの窓からの夕暮れを横目に二人仲よくテレビを見ながら……。

そして夕食の準備に取りかかる。母は再びソファーに戻り、しばし待機である。

台所に立つ僕の左後ろにはいつもリビングのソファーに座っている母がいて……、ときどき様子を伺いながら、たまに、「お元気ですか？　ご機嫌いかがですか？」「大丈夫ですか？」って声をかけながら、母に向かって両手を小刻みに振ると、母もこっちを向いて、にこーっと笑い、「元気よー、大丈夫よー」って応えて手を振り返してくれる。心穏やかなひとときだ。

「お母さんの声はよく通るから、内緒話には向かないね」

なんて言ってたよね。

なんだかんだで一時間半ぐらいかけて夕食の完成。食べ始めは八時過ぎである。

主菜はお肉とお魚を日替わりでつくる。これにごはん、汁物、ほうれん草か小松菜のごま和え、生野菜、納豆、湯むきして十字に切ったフルーツトマトのヨーグルト和え、隠し味にすりおろしの玉ねぎと大根を少々、つぶつぶ状にしたみかん、オリーブオイルを入れる。母も僕も食べる量が少ないから栄養のバランスを心がけている。夕食を終えるともう九時を回っている。食後のお薬、夕食後は二錠、てんかん予防のお薬と逆流性食道炎のお薬だ。食後の片付けを小一時間かけて済ませ、就寝の準備をする。歯みがきにトイレを終え、車いすに移ってもらう。

朝のときと逆で、今度はソファーをベッドにする。母と僕は、一日のほとんどを一階のリビングで過ごしている。

十二年前、二〇一一年の後半、母が要介護になってから……。ここは、リビング兼ダイニング兼寝室である。家自体は二階建てなのだが、ほかの部屋はほとんど使っていない。同居する弟が三部屋中二部屋を——洋室をリビングに、和室を寝室として使っている。弟は朝早く出勤し、夜遅く帰宅するので、ほぼ母と僕の二人暮らしである。

ソファーをベッドにしたら、その上に隣の部屋の和室の押し入れから敷布団を取り出して二枚重ねる。シーツ、尿もれ防止シーツを敷いて、まくらに毛布（夏はタオルケット）、掛け布団をのせて寝床が完成。その間、車いすに座り、テレビの前で待ってもらっていた母にベッドに移ってもらう。

朝と同様、母の太ももの裏に両手をあて、母に抱きついてもらう。息を合わせて……「兄ちゃんだよ！　兄ちゃんだよ！」と声をかける。ベッドに腰を下ろしてもらい、就寝前のお薬を二錠、すい液を調整するお薬と高脂血症のお薬、あと白内障予防の目薬を（この目薬は、朝、昼、晩と一日三回）さして、今日も一日があっという間に終わった。床に就いてから、母とはよく話していた。「生きてるうちが華だよ」「死んだら何もなくなっちゃう」「生きてるうちにいろんな所に出かけ、おいしいもの食べてさ」「元気で長生きだよ！」なんて言ってたよね。そして介護生活が始まってから何かにせきたてられるかのように母をあちこち連れ出していた。

健常者なんかに負けてたまるかという意識が心の中にいつもあった。介護がついていたって、どこでも行けるんだ。後ろめたくなんか全くない。母は気にもとめていなかったけれど、僕が嫌だった。人並み以上のおしゃれをして街に出かけ、旅もした。完全に車いす生活になってからもそれは同じだった。不自由な生活を強いられているから、なおさらそれを上回るぐらい楽しい時間を作ってあげたかった。

「今日は天気もいいからおでかけしましょうか」「おでかけ好きですか？」と問いかけると、お母さんも、「はーい、兄ちゃんと一緒だとどこでも楽しい」なんて応えてくれてたね、とってもうれしかったよ。どうもありがとう。

この何気ない、でもとてもあたたかい幸せな日々が、あしたも、あさっても、このままずーっと、ずーっと続いてゆく……そう思っていた……。

二　コロナ罹患

あの日……二〇二二年十二月八日木曜日未明、母は、新型コロナウイルスで入院してしまった。

異変は四日の日曜日からすでに始まっていた。同居する弟の体調が少しおかしい気が……。はた目ではあるが、何か変だ、そう思いつつもやり過ごしていた。

母にも「あいつ何だか体調悪そうだね、大丈夫かな？」なんて話していた。案の定、自らもそう思っていたみたいで、「明日、病院に行って診てもらう」そう話していた。その日の晩は、皆で食卓を囲み、夕食をとった。

翌日五日、月曜日、朝から弟は近所の病院に出かけた。一時間ほどで帰ってきて……「コロナの陽性だった」と……。

（えっ……まさか……）という感じだった。その日から一階と二階での隔離生活が始まった。僕がマスクをして、弟のいる二階まで食事を運ぶ。朝、昼、晩と一週間続く予定だ。

だが、これが命取りだった……僕は、この状況を甘くみていた……。

週半ばの七日、水曜日。朝食後、予定通り母をお風呂に入れ、お昼もいつも通り済ませた。夕方のおやつのときも異常はなかった。

そして、夕食時。僕が母の口元まで食べ物を運ぶのだが、何だか様子がおかしい……。

「何だ？　どうしたんだ」

……目がうつろだ……本当にどうしたんだろう。今週は、弟が新型コロナに感染したこともあり、外出はしていない。体力的にそこまで疲労することはないはずだけど……？

とにかく様子が変だ。急遽夕食は切り上げて寝る準備をした。このような状態は以前あった。二〇一三年に〝てんかん〟で正月早々入院した。あのときの表情ととても似ている。

あのときよりも年も取っている。外出しなくても日々のストレスもあるだろう。以前よりも生活するための体力は落ちてきているし、僕がそばで見ている以上に精神的にも肉体的にも疲労があるのだろうな……。とにかく今は早く寝てもらい様子を見よう。明日の朝、元通りになっていてくれればいいのだが……。

そして次の日の朝、僕はいつもの通り七時ぐらいから台所に立ち朝食の準備をしていた。母は、まだ寝ている。いつも九時過ぎに起こすから、それまで様子を見ることにしよう。朝食も出来上がり、九時を回った頃、母に声をかけてみる。ぐっすりと眠っているみたいだ。

「もうちょっと寝かせておくか……昨日の今日だし……」

時間は刻々と過ぎてゆく……。

(もう十一時過ぎか……まだ目を覚まさない。もう時間はどうでもいいから目を覚ますまで待ってみよう。でも本当に大丈夫かな……)

不安が募る。そして十二時を回った頃、母はようやく目を開け、僕を見た……。

「お母さん、おはよう……、おはようございます」

……母は、僕を見てはいるが、返事をしない。目は……やはり昨日と同様、うつろなまで反応が鈍い。

「やっぱり〝てんかん〟か？　入院？……」

コロナ禍の今、入院は避けたい。

（一人での入院は……母の認知的なことを考えると……そして体力的にも、今度入院したらもう寝たきりになる。どうしよう……入院……、でも今現在の母の状態をみると……このまま好転するとはとても思えない）

どんどん悪化してゆく可能性がある。

僕は母の通院歴がある病院を中心に、大病院から順に手当たり次第に電話した。

条件は、個室で、僕も同伴できることだ。

入院中は僕は病院から一歩も出ない、そう告げても一切駄目で、全て断られてしまった。

もう夕方になろうとしている。時間だけが過ぎてゆく……このままでは、母の体力がますます消耗してしまう。

結局、１１９番に電話するしかなかった……。

しかし、電話をすれば救急車がすぐにでも来るのかと思いきや、やはりコロナ禍、さらに十二月という時節もあって、なかなか来ない。電話から一時間ぐらい経過して、ようやく救急車が自宅に到着した。

救急隊員二名が自宅のリビングに入ってきた。僕は、昨日からの母の様子を説明する。

救急隊員の方々は、母の体温を測ったり、聴診器を胸の部分にあてて音を聴いたり、パルスオキシメーターというもので酸素飽和度を測ったりしながら受け入れ可能な病院を電話で一軒、一軒、問い合わせている。

僕は、母の表情ばかりを見て判断していた……が、体温計はあるのに、体温を測っていなかった……それどころか、額にさえ手を当てていない……。何てことだ……。

母の体温……38度……、酸素飽和度……95を下回っている（正常値は95以上みたい）、心音や胸の音は大丈夫のよう。

救急隊が到着してから一時間ぐらいになるが、受け入れ病院は、まだ見つからない。コロナ禍の今は、コロナ感染者でなくても簡単にはいかないみたいだ。

そういえば……二〇一三年の〝てんかん〟で入院したときも、正月ということもあり、救急車がなかなか出発しなかった。……あのときも……。

でも今回は、それ以上だ。いつまでこうして待つのだろうか……。

待つこと約二時間、ようやく搬送先が見つかった。依然として母は、もうろうとしている……。ソファーベッドからストレッチャーに移されて救急車の中へ……。僕ももちろん同乗する。自宅を離れ一路、受け入れ先の病院に急行する。師走の夜の街をけたたましくサイレンを鳴らしながら縦横無尽に進む……。

ストレッチャーに乗せられた母の手をしっかりと握りしめる……とにかく早く着け……。と、三十分は走っただろうか、受け入れ先の病院に到着。ストレッチャーが救急車の中から病院の中へ、院内の待機スペースでベッドに移される。看護師さんが、体温、血圧など一通り測り、最後にコロナの検査用の粘膜を鼻から採取した。母は点滴を受け、僕とこの部屋で待つことになった。

医療機器が無造作に置かれた人気のない無機質な空間……ただただ時間だけが過ぎてゆく……僕は相当待ちくたびれている。今日は、待たされっぱなしだ……。

母はどうだろう……。時折、話しかける。

「お母さん……兄ちゃんだよ、ずーっと一緒だからね」

母は、ちょっとだけ目を開けて僕を見つめた。ここでも優に二時間は待たされた。ようやく医師が現れ、一言……。

「コロナの陽性です」

僕は、絶句した。コロナ病棟に母が運ばれてゆく……僕も付き添った。

隔離病棟で、看護師さんから渡される数々の書類にただ黙々と記入してゆく……。

「お母さん……ごめん……」

心の中でつぶやいた。

目を開けて、こっちを見つめる母の顔に触れ、「ずっと一緒だよ、兄ちゃんここにいるよ、大丈夫だからね」そう言い残して、目を閉じた隙に病院を離れた。

本当に、後ろ髪を引かれる思いとは、このことだろう。正面玄関からは出られず、裏口から出た。時刻は午前零時を回っていた。

師走の寒い夜、人気のない大通りの一本道。車が行き交うその道を淡々と歩く……。

（どっと疲れた……。とにかく家に帰ろう……）

道中で流しのタクシーがつかまったので乗り込み、帰宅。

（もう一時か……）

そして、待っていた弟に報告した。「お母さんコロナだった」と……。

僕は一瞬、弟を責めそうになっていた。心の中でその気持ちをぐっとおさえ込んだ。多分、あいつが一番責任を感じているだろう。それを僕がさらに追い込むことはできない。

もう肉体的にも精神的にも疲労困憊《こんぱい》である。

母のソファーベッドに寝た。……体も心も疲れ果てている……でも眠れない……目がさえている。やっぱり一人残してきた母のことが心配だ。

「一人で大丈夫かな……。ちゃんと看護師さんと会話できるかな……」

いろいろな心配事が次から次へと湧いてきて眠れない。

結局、その日は朝まで眠れなかった。朝が来たけどすっきりしない……朝から心配だ。

（お母さん今頃どうしてるかな。「兄ちゃん」って僕のこと呼んでないかな。「兄ちゃんは」って、僕のこと捜してないかな）

……本当に心配だ。

こんなことが堂々巡りして、時間だけがむなしく流れてゆく……。

電話が鳴った……入院先の担当の先生からだ。

第一声……「お母さまは、新型コロナのワクチンを接種しておられますか？」

「いえ……してません……」

「なんでワクチンを打たせてあげなかったんですか！」

結構強めの口調で返ってきた。怒っている……僕は返答に窮してしまった。

「初めてのもので、ワクチンを打って、かえって体調に異変が生じてしまったら……

そう思い、二の足を踏んでしまいました。すみません……」

本当のことを返答したのだが全て言い訳がましく聞こえただろう。結果が全てを物語っている。母を守ってあげられず、コロナに感染させてしまったのだから……。

「お母さま、肺炎を起こしてますよ。何とか薬を入れて頑張ってみますけど……」

「すみません、どうかよろしくお願いします」

……それ以上、何も言えなかった。


今は、ただただ、母の治療がうまくいくことをひたすら願うしかなかった。家にいて、朝から晩まで母のことを思い、何もできず気を揉んでいるだけ……。

面会……そうだ面会。電話で問い合わせてみよう。

別室からモニターを介してのリモート面会、人数制限は二人まで、時間は十五分だけ……ということだった。弟は感染者で、僕は濃厚接触者なので今週面会するのは無理だったため、来週末、土曜日になった。病院にいるとはいえ予断を許さない、母の顔を見るまでは心配だ。特に認知力の低下を心配している。面会したときに、僕のことを忘れちゃったりしていないかな。そして体力面も心配だ。この入院をきっかけに寝たきり生活になりはしないだろうか……。

心配はつきない。でも一番は、コロナが完治して早く家に帰ってきてほしい……。

指折り数えて面会日を待った。

週末の土曜日、面会の日が来た。面会は午後からだったが、午前中、母の担当のケアマネージャーを通して手配しておいた介護ベッドが自宅に運搬された。

業者の方二名が、部品を持ち込み、手際よく介護ベッドを組み立ててゆく。動作を確認して小一時間で終了した。僕と弟は、そろそろ出かける時間だ。

そわそわ、そわそわ……会えるうれしさ半分、不安半分というところである。

道中、喫茶店で昼食にした。

僕と弟、二人共無言だった。何か変な緊張感があり、無言で食べた……。

最寄り駅からバスに乗り約十五分で病院に着いた。あの日、救急車で搬送されて以来である。受付で面会の手続きをする。待つこと三十分、ようやくリモート面会の部屋に案内され、部屋の中にモニターが用意された。

画面に映像が映し出され、しばらくすると……、

「あっ……、お母さん……」

病院の浴衣のようなものを身にまとった母の姿が映し出された。

郵便はがき

料金受取人払郵便

新宿局承認

2524

差出有効期間
2025年3月
31日まで
(切手不要)

1 6 0-8 7 9 1

1 4 1

東京都新宿区新宿1－10－1
(株)文芸社
愛読者カード係 行

ふりがな お名前		明治 大正 昭和 平成 年生 歳	
ふりがな ご住所	□□□-□□□□		性別 男・女
お電話 番 号	(書籍ご注文の際に必要です)	ご職業	
E-mail			
ご購読雑誌(複数可)		ご購読新聞 新聞	

最近読んでおもしろかった本や今後、とりあげてほしいテーマをお教えください。

ご自分の研究成果や経験、お考え等を出版してみたいというお気持ちはありますか。

ある　　ない　　内容・テーマ(　　　　　　　　　　)

現在完成した作品をお持ちですか。

ある　　ない　　ジャンル・原稿量(　　　　　　　　　　)

書　名				
お買上 書　店	都道 府県	市区 郡	書店名	書店
			ご購入日	年　　月　　日

本書をどこでお知りになりましたか?
1.書店店頭　2.知人にすすめられて　3.インターネット(サイト名　　　　)
4.DMハガキ　5.広告、記事を見て(新聞、雑誌名　　　　)

上の質問に関連して、ご購入の決め手となったのは?
1.タイトル　2.著者　3.内容　4.カバーデザイン　5.帯
その他ご自由にお書きください。
(　　　　)

本書についてのご意見、ご感想をお聞かせください。
①内容について

②カバー、タイトル、帯について

弊社Webサイトからもご意見、ご感想をお寄せいただけます。

ご協力ありがとうございました。
※お寄せいただいたご意見、ご感想は新聞広告等で匿名にて使わせていただくことがあります。
※お客様の個人情報は、小社からの連絡のみに使用します。社外に提供することは一切ありません。

■書籍のご注文は、お近くの書店または、ブックサービス(0120-29-9625)、セブンネットショッピング(http://7net.omni7.jp/)にお申し込み下さい。

「お母さん……お母さん……」

あの日以来、十日ぶりに会う母はヘアピンをしていないこともあり、髪もパサパサで伸び切っていて、何だか落ち武者のようだ……。ずっと目をつぶったままの母……。

「お母さん、兄ちゃんだよ、兄ちゃんだよ」

声をかける。母はゆっくりと頷いた。

「そうそう、兄ちゃん、兄ちゃん。わかる⁉」

懸命に叫んだ。

すると母は目を開けて「にこーっ」といつも通りに微笑んだ。

うれしさと切なさが、僕の中で交錯する……。

面会時間はあっという間に終わってしまった。退院予定は、あさっての月曜日だ。

「お母さん、あさって迎えにくるからね！　もうちょっとだからね！」

「兄ちゃんだよ、兄ちゃんだよ、元気百倍だよ！」

そう言い残して部屋を出た。

母が、僕のことを憶えていてくれたことは一安心だった。

あと二日……早く来い。

次の日、弟と二人、街に出た。クリスマスまであと十日あまり、母のプレゼントを買うためだ。表参道にある目星をつけていた店に寄った。膝掛けを買うつもりだった。今年は、何を買おうかな……と考えていた。いろいろ考えた……母の今の状態を考えると、膝掛けが一番いいような気がした。

店内には服を中心にインテリア、小物など、ファッショナブルな品が並んでいる。ファブリックに定評のあるこのお店……膝掛けも生地が凝っていておしゃれだ。

店内を一通り見て回り、母の身につけているものと相性がよさそうなものを選んだ。これなら外出はもちろん、家の中でもおしゃれに過ごせそうだ。

春になったらまた来てもいいな……春物の膝掛けを探しに……。

十二月十九日、月曜日……やっと退院の日……。本来なら転院しての年越し入院をするはずだった……。母は誤嚥の可能性があるため、入院中、食事をとらせてもらえなかった。そして、コロナは完治したが、その間に飲み込む機能が衰えてしまったため〝食事を口から摂取〟するためのリハビリ的な入院をすすめられていた。だが僕は、これ以上母が一人で入院することが不安で、心配で、限界だった。そして、半ば強引に「家に連れて帰ります」と伝えたのだった。

　やっと母が帰ってくる。

（おととい のリモートで面会はしているけど……どうだろう……）

　予約していた介護タクシーと病院の正面玄関で待ち合わせをしている。

　母は、コロナ患者のため、正面玄関ではなく、地下駐車場脇の通用口から出てくることになっていた。インターホンを押して、患者の名前を伝え、看護師を呼ぶ……出てきた看護師に持参した服や肌着一式を渡し、車のなかでひたすら待つ。しかし、なかなか出てこない。通用口からは、母と似たような高齢者が車いすに乗って出てくる。家族と思われる人達に迎えられて、自家用車や介護タクシーなどで次々と退院してゆく……。

　待つこと約一時間、通用口のドアが開いた。

「お母さん……か？」

　車内から飛び出し、通用口に向かう。

「お母さん……お母さん……お帰りなさい」

　病院のストレッチャーから介護タクシーのストレッチャーに移し、看護師さんに挨拶して、車に乗り込む。

　運転手さんと、助手席に弟、後部にはストレッチャーに乗せられた母、その横には僕が付き添っている。

（やっと帰ってきた、お母さん……）

　ぎゅっと手を握る。

（お母さん、ひとりぼっちにしてごめんね……寂しかったね……つらかったね……）

　ぎゅっと手を握る。母も僕の手を握り返す。

「もうすぐ家に着くからね」

　ときどき声をかける。日中ということもあり、比較的道は空いており、三十分ぐらいで自宅に着いた。

　ストレッチャーを担架にして、リビングの窓から家の中へ……母を介護ベッドに移す。

「お母さん、お疲れさまでした。お帰りなさい」

　介護タクシーが帰ってしばらく経つと、今回からお世話になる訪問医療の先生が来た。渡された契約書類に目を通し、記入した。

　夕方には、ケアマネージャーと訪問介護のスタッフ、介護用品のスタッフの三者が来ることになっている。僕が年越しの転院を断って強引に退院を決めた。自宅で、僕のそばでしっかりとした態勢で生活するためだ。いよいよ寝たきりの生活が始まってしまうのか……。いや……これは一時的で、必ず元の生活、入院前の生活に戻してみせる、そう心に誓った。

（八十六歳で寝たきりにはさせない、させたくない。……お母さんのため……僕のため……）

訪問医療の先生は、血圧や体温など一通り診察し、常備薬の処方箋を渡して帰った。

もう十二時をとっくに過ぎている。お昼ごはんをつくらないと……。

お昼は、おうどんにしようと思う。母が食べやすいのではないかな……。麺を軟らかく茹でて、油あげも細かく刻んで……。

リモコンを操作し、ベッドを起こす。

おうどんを細かくして、母の口に運ぶ。

どうも飲み込みがうまくいかないみたいだ。そうか……母は、入院中、点滴のみで食事をさせてもらってなかったからだ。誤嚥の可能性があるから……という理由だった。僕は、母の認知的なことや足腰の衰えのことばかり気にかけていたが、食べ物を口から入れて、飲み込む……これが正常にできない。

それゆえ、痰がのどに頻繁に詰まる。これだとまともな食事ができず、母の体力も消耗して、どんどん弱ってしまう。これは想定外だった。

すぐにケアマネージャーに電話して、痰の吸引器を手配してもらうことにした。夕方、吸引器が搬入され、そのあと、使い方を指導しに訪問看護師がやって来た。使用方法を手ほどきしてもらい、続けて僕もやってみる。母の表情を見ると、つらそうだ。

（……なんだか、つらい……でもやらないともっとつらい目に……。かわいそう……切ない……。大変な目に遭って、やっと帰ってきたっていうのに……また苦しい目に遭わせちゃって……）

元々、ここ一、二年、少しやせてきてはいた……そして今回の入院で更にやせてしまった。

必要な栄養はおろか、点滴だけで十日間以上も何も食べさせてもらっていなかったのだから……。何とかしないと大変だ。ケアマネージャーさんにもいろいろ相談してみた。「〝とろみ〟をつけると少しは食べ易くなり、むせなくなるよ」というアドバイスを受け、〝とろみ〟をつける商品をドラッグストアーで購入した。夕食からは、汁物やお茶など液体のものには、〝とろみ〟をつけてみた。

少しはいいかな……何もないときよりはいいみたいだ。母の日常生活が少しでも快適であるようにしたい。何とかこの現状を乗り越えて、また以前のような生活に戻したい。

痰の吸引は一日数回、朝、昼、晩の食事の前と就床前、あとは適宜……。


退院して一週間、今日は、クリスマスだ。

外出する予定だった。予約もしていたが入院中にキャンセルした。今年は、自宅で……。

リビングは十一月からすでにクリスマス仕様で、テレビの脇には、今年、何十年かぶりに買ったツリー、まあまあ大きなツリーに色とりどりの飾りつけがしてある。

（このツリー、お母さんと一緒にお出かけしたときに買ったんだよな……）

クリスマスらしくないけど、食事は〝うどんすき〟にした。母が食べ易いだろう。食後にはケーキも食べた。

そして、プレゼント……先日の外出のときに選んだ大判の膝掛け、これを母に渡す。

「はい、お母さん、クリスマスプレゼントだよ。サンタさんからだよ。何だろうね」

僕は、大きなギフトボックスの中から品物を取り出して、見せた。

「あら、いいじゃない！　お母さん、いいの当たったね。おしゃれだよ、これ……」

そう言うと、母は、微笑んだ。

僕は、その膝掛けを母の体に掛けた。

「お母さん、とってもおしゃれだよ、あったかいでしょ、僕が見つけたんだよ」

などと、いつものように押しつけがましく言った……。母もまた苦笑い……。

やっぱり、母の笑顔はいつ見ても最高だ。

クリスマスが終わったら、いよいよ正月か……。今年はどうしようか、迷っている。

ここ数年、母が要介護になってからは、年末年始はホテルで過ごしている。食事はもちろん、さまざまなイベントがあり、寒い時期に外出しなくても暖かい館内でいろいろと楽しめるからだ。最初にこの企画をしたとき、母が、とっても気に入ってくれたので、毎年続けている。

ただ今年は……今の母の状態は……外出できるレベルじゃないな……でも迷う……。

このとき、僕は、どこかで正常な判断ができなくなっていた。迷った末、（タクシーで直接ホテルに行こう。そしてホテルの部屋から出ずに、食事もルームサービスにすれば家にいるのとほぼ変わらない。痰の吸引器を含め、母に必要なもの全てホテルに持ち込めばいい、そうしよう……）と決意した。

僕は、精神的にも肉体的にも疲れていた、そして、世間的な師走特有の空気……何だかんだで気分転換がしたかった。

母の体に一番負担の少なそうなこの案がベストだと思ったし、勝手な解釈だが、母もホテルでのお正月は、毎年楽しみにしているしな……と、自分の都合のいいように考えていた。

三　年越し

そして三十日……いよいよホテルでの年末年始を過ごす日になった。毎年、三十日から翌年の三日まで滞在している。当初、今年は、母のこともあるから三十一日に出発しようと考えていたが、その日は母を行きつけの美容室に連れていくことにしているので、余裕をもっていつも通りの三十日からにした。

今日は、介護タクシーではなく、普通のタクシーを予約した。

いつも通り朝食をとり終えると、身支度をした。

電話で呼んだタクシーが到着。母が生活するのに必要なもの一式を車のトランクと一部後部座席に詰め込み、車いすもトランクに。予備の紙パンツや尿とりパッドなどは、予めホテルに配送してある。

いつもは僕が車いすを押して最寄り駅まで歩いて、電車で目的地まで行くのだが、今日は、ドアトゥードアで、自宅からホテルまで直で行く。……初めてだな……。

弟は助手席へ、母と僕は後部座席に乗り込む。年の瀬の車窓をぼんやりと眺めている。

（……今年も何とか乗り切れたかな……。今までの中で最もばたばたした年の瀬だったかもしれないな……）

母は、ときどき目を開けて外の景色を眺めている。到着したらすぐにチェックインして部屋で休んでもらおう。

天気も上々……やっぱり毎年のことながら、三十日、三十一日は特別の空気だ。新年に向けての高揚感と、どこか厳かな感じが混ざり合ったみたいな……。母にとって少しでもいい気分転換になれば……あんなに大変だった入院を乗り越えたのだから……心からそう思っていた。

タクシーは、ホテルの車寄せに入り、到着。

「お母さん、着いたよ、お疲れさまでした」

僕が先に降りて、母を抱きかかえて、トランクに積んだ車いすを降ろし、座ってもらった。車いすを押してホテルの中へ……。

持ってきた荷物はホテルのスタッフに運んでもらう。

早速、チェックインの手続きをする。

母は、目をつぶったまま……。やっぱり無理させたかな……早く部屋に入ろう。手続きを終え、スタッフに荷物を運んでもらいながら部屋まで案内してもらう。

部屋は隣どうし二部屋で中でつながっている、いわゆるコネクトルームだ。一部屋は弟、もう一部屋は母と僕だ。

まずお昼にしよう。館内にあるコンビニに買い出しに行く。おにぎりといなりずしを買った。手際よく食事を済ませ、母をベッドに寝かせた。

久しぶりの外出で疲れたと思う。とにかくゆっくり休んでもらおう。

僕は、予め送っていた荷物、持ってきた荷物――このたくさんの荷物を出して整理して使い勝手がいいように配置してゆく。

（もう夕方か……早いな……）

僕は弟に留守をまかせて、夕食の買い出しに行く。デパ地下でいろいろと物色し、オムライスとサラダを買った。

帰り道、前から下見していた大きなタオルケットを買った。そして最後に、本屋に寄った。週刊誌、ファッション誌、情報誌など手当たり次第に取り、十冊以上を両手で抱えてレジへ……。

これだけ買うと、かなり重たい。夕食とタオルケット、本……。両手に提げると結構しんどい。

「お母さんどうしてるかな……。寝てるな、多分……」

やっとホテルへ戻ってきた。もう日はとっくに暮れている。

イルミネーションが瞬いていてきれいだな……と思いながら部屋に入った。

やっぱり寝てたか……。

「さっき、ちょっとだけ目を開けて、『兄ちゃんは？』って言ってたよ」そう弟が言い、僕と会話していると、母が目を覚ました。

「あっ、お母さんだ、ただいま～、ただいま帰りました。久しぶり～、お元気ですか？」

すると母は「元気よ～」と小声で答えた。

本当は、そこまで元気じゃない。母も僕もわかっている……一種の相言葉のような……おまじないのような……。

「そろそろごはんにしようか」

痰の吸引をし、席をつくる。テレビの正面に車いす、僕と弟でコの字でテーブルを囲む。母を抱えてベッドから車いすに移し、テーブルに買ってきたオムライスとサラダを並べた。三人でレコード大賞を見ながらの食事。母の食事を口に運ぶ……一口、一口、ちょっとずつ……。

早く以前の母に戻ってほしい……そう願いを込めて、一口、一口……。

一夜明けて今日は三十一日、大晦日。

（今年も今日で最後か……過ぎてしまえば一年はあっという間だな）と、毎年、毎年、この日が来るたびにそう思う。

今日は、十二時に近くのデパートのなかにある美容室に母を連れていくことにしている。

元々一か月以上前から予約をしていたが、その後、母が入院したので一度キャンセルした。それからホテルでお正月を過ごす判断をしたので、再度予約をしたのだ。

（そろそろ起こして、朝食にしないとな……）

母にそっと近寄り、声をかける。

「お母さん……おはよう……おはようございます……」

すると、母が静かに目を開ける。

「そろそろ起きよう、ね。起きましょ。ごはんにしましょ、朝ごはんに……」

今日もまた、痰の吸引から始まる。

それから、母を抱えてトイレに……車いすに座ってもらい、口をすすぎ、温かいタオルで顔をふく、髪をブラシで整えて、ヘアピンで留める。では食事に……。

昨日買って冷蔵庫に入れておいたフルーツサンドを食べた。母の好きなフルーツサンド、ちぎって口に運ぶ……。

食後は、お風呂に入ってもらおう。美容室から帰ってからでもいいが、なんだかあとでばたばたするのが嫌なので……行く前に済ませよう。まだ予約の時間までは大丈夫そうだから……。

母は、昔からお風呂が好きではない。何か〝湯あたり〟するみたいで……多分、普段から心拍数が速いことも関係していると思う。

僕がお風呂に入れるようになってからは、だましだましである。それでも湯上がりにソファーに二人並んでスポーツ飲料を「ごくごく」飲んでいる母のその姿は、さっきまでお風呂に入るのを嫌っていた人と同一とは思えないほどとってもいい表情してるんだよな。今日は、入院前からずっと入ってないから、久々である。

「お母さん、今お風呂に入っちゃおうか、ね。あとだともっと面倒くさいでしょ。さっと入って、すぐ出よう、ね……」

母をトイレに座らせて、ここで衣類と肌着一式全て脱いでもらい、僕も同じく全て脱ぎ、そして海水パンツをはく。

母を抱きかかえて、一緒に湯舟に入る。入院前よりも一回りも二回りも小さくなってしまった体……その姿は、まるで母親にしがみつく赤子のようだ。浴槽の中で、タオルで擦る。ボディーソープをつけて、体全体を、やさしく、疲れないように、さっさと……。シャワーでさっと流し、抱きかかえながらベッドへ。ベッドに広げた昨日買ったばかりの大きなタオルケットに寝かせ、そのタオルケットで体全体を拭いた。

母の体を拭きながら、改めて思う……。

(やっぱりやせたな……本当にやせた。こめかみはくぼみ、あばら骨も出て、足も小枝のように細い……。ミイラのようだ。お母さん……ごめん……)

ベッドに寝かせたまま、肌着と洋服を着せた。

(久しぶりのお風呂で、疲れちゃったかな……少し休ませてから美容室に行こう)

三十分ぐらい経った。

(……そろそろ出発するか)

「お母さん、起きて、ごめんね、そろそろ行かなきゃだ、ごめんね」

母を車いすに乗せて、ダウンコートを着せて、その上に大きな膝掛けをのせた。

ホテルの玄関を出る……今日も天気がいい……。

でもやっぱり師走だ、冷たい風が吹きつける。目の前の信号を渡って一直線、場所は、デパートの館内にある。

途中、すれ違った外国人と思われる方に「お大事に……」そう言葉をかけられた。

「ん……」少しムッとした。

「何がお大事に……」だ、「お母さんは元気だよね！　失礼しちゃうね……」と。多分、向こうは悪気はない、僕もわかっている。母は他人からは、そういう風にしか見られてないんだな……母のことを色眼鏡で見てるのかな、他人が見るより、母は元気なのだと……。だから僕は、何か癇に障った。

三人は、デパートの玄関を抜けてエレベーターに乗り込む。七階で降りた。予約した時間を少し過ぎてしまった。

受付で手続きをし、車いすのまま奥へ……。

母を抱きかかえて、車いすからお店のいすに座ってもらう。

担当の女性スタッフ（この店のスタッフは全員女性）に質問される。

「本日は、いかがしましょうか？　どのくらいカットしますか？」と……。

「この前まで入院していて、髪の毛は見ての通りボサボサで、頭も二週間ぐらいは洗っていません……ブラシでとかすと抜け毛も多くて……。新年を迎えるので、きれいに整えたいと思いまして……」

そう告げた。座席の母は、半分寝ていて……これでは姿勢が安定せず、カットしづらいと思うので、僕が横に付き添って、頭を手で支えることにした。担当の方はトップスタイリストのようで、胸元の名札にそれらしいことが書かれている。ここには何回か来ているが、まだ一度も特定の方を指名して予約したことはなく、今回も予約のとき指名はしていなかった。たまたまトップスタイリストの方が本日の担当者だった。指名すると別料金がかかるので、ラッキーだったかもしれない。

僕は、美容師さんが髪をカットしやすいように、母の頭を支えつつ、右、左、と少しずつ動かす。僕自身も動く。髪の毛は、母の魅力の一つだ。年齢の割に量も多く、質もいい。僕は風呂上がりに濡れた髪をドライヤーで乾かしてセットしてあげるのが好きだった。齢六十になろうとしている僕と比べると、本当にうらやましく思う。

三十分ぐらいかけて、ボサボサの髪の毛がきれいにカットされ、整えられてゆく。同じ座席でシャンプー、トリートメントと仕上げてゆき、濡れた髪をドライヤーで丁寧に乾かして……セットする。出来上がり。

母は、ずっと眠ったままだった。

僕は、声をかける……。

「お母さん、終わったよ、お疲れさまでした。ほら、鏡で見てごらん、きれいになったでしょ。これで、いいお正月を迎えられるね、よかったね」

と……。

母も、やっと目を開けて鏡を見る。あんまり反応がない……。ほどなく別件で出かけていた弟と合流する。

店内は、着付けをする人もいたり、大晦日ということもあり、何となくせわしない。入り口で会計を済ませ、一つ上のレストラン街に向かう。母の好物のお寿司をテイクアウトする。夕食用である。それぞれ、好みのネタを頼んだ。出来上がりに十五分ほどかかるとのことなので、違うフロアーに足を運ぶ。家庭用品のところへ行った。母の室内用のスリッパを買おう。新年に向けて新しくしよう。いろいろと見て回る……。

「これいいなぁ」

一足、手に取った。フェルト生地で底にはツブツブの突起のゴムが貼ってある。滑りづらくていい。これがいい、デザインもいい……色は、グレー。つま先に、左足に〝ねこ〟右足に〝ねずみ〟の刺しゅうが施してある。

「これがいい」

母は、子年なんだけど猫が好きなんだよな。そういえば、好きなキャラクターのキティちゃんも猫だったな。……これは、両方入っているからいいかもしれない。

「お母さん、いいの見つけたよ。これどう？　ちょっと履いてみようか」

靴を脱がせて、左右の足に履かせてみる。

「うん、ばっちり、サイズも丁度いい、ぴったりだ。これにしよう」

いい買い物をした。そろそろお寿司も出来上がっている頃だな……店に戻ろう。出来上がった折り詰めのにぎり寿司を持って、エレベーターで地下へ、ここで昼食を買ってから帰る。サンドイッチを買い、再び玄関から外へ……。

（お母さんも疲れているな、早く部屋に戻ろう……。とりあえず昼食にして……あとは、ベッドで夕食まで寝てもらうことにしよう）

小一時間だが、久しぶりの外出で相当疲れたと思う。僕は、明日、元旦のおせちの件で受付に相談に行く。

本来は会場で提供されるので、そこに行って食べる……我が家も毎年そうしていた。だが、ホテルに来てからの母の状態を見ても……会場で食事をとるのは無理そうだ。

受付の方に、おせちを部屋で食べたいとお願いした。

「のちほど、ご連絡致します」とのことだった。

部屋に戻って連絡を待っていると、ほどなく連絡があり、ルームサービスをしてくれるとのこと。時間は……九時にした。いつもの我が家の朝食時間と同じだ。

これで一段落……僕も弟ものんびりとテレビを見たり、昨日、買い込んだ雑誌を読んだり……。母の体調次第では、一回ぐらい部屋の外に出られればいいけどな……。ホテルのフロント脇のロビーに飾ってある大きな駒の置物、この正月飾りの前で写真ぐらいは撮れればいいけどな……と思っていた。


（もう夕方か……もうちょっとしたら、母を起こそうかな……。母の好きな……多分……〝年忘れにっぽんの歌〟が始まる）

紅白歌合戦もある。母は、紅白よりもこっちの方が聞きやすいみたい……最近の曲は、テンポが速いから聞きづらいのだろう。僕も少しそう思う。〝ナツメロ〟……やっぱり、自分が若かった頃の思い出、そのとき流れていた歌が一番心に残っているんだよな……僕もそうかな……。

母は、気に入った歌手、歌のときは、流れる曲に合わせて、口ずさんでいる。認知力が多少下がっても、理解力が必要なドラマなどと違って、メロディーはその必要がなく、意外と歌詞も憶えているものなのだ……僕は、母が、ご機嫌で歌を口ずさんでいる、その姿をそばで見ている……。この時間がとても好きだ。

今日もそんな瞬間《とき》があればいいけどな……。

「さあ、起こそうかな……。お母さん……おやすみのところ、大変申し訳ございませんが……そろそろ起きませんか……。そろそろごはんにするので、起きましょうか……ごめんね……あとでまた、ゆっくりしましょうね……。お母さんの好きな番組始まったよ、〝年忘れにっぽんの歌〟始まったよ」

痰を吸引器で取って、ベッドから抱え上げ、テレビの正面に置いた車いすに座ってもらった。テーブルにテイクアウトしたにぎり寿司の折り詰めを並べ、小皿におしょうゆをさして……さあ、食べましょう……。

今の母だと、このにぎり寿司の大きさでも食べづらいと思う……ので、いつも自宅で使っている、アウトドア用のまな板（まな板の中に、くだものナイフが入っている）の上で、にぎり寿司を半分……いや、三分の一サイズに切って、母の口に運ぶ……。

「お母さん、どう……食べられる？　おいしい……？」

なかなか食べづらそうだ……母の反応を見ながら食べ進める。

テレビからは、往年の歌手のなつかしの映像と共に歌が流れている……。

「お母さん、ほら、見て、なつかしいね……」

僕は、歌に合わせて、手拍子をする。母は、ただ、画面を眺めている……。口ずさむことはなかったけれども、表情は穏やかで、微笑んでいた。

もうすぐ〝紅白歌合戦〟も始まる。

オープニングは見たいな……と思い、チャンネルを変えて〝紅白〟に。また変えて〝年忘れ〟と何回かくり返す。番組は、まだまだ続いているが、母は、そろそろ切り上げて、一度ソファーに移ってもらった。

しばらくして、皆で果物を食べる。

今日、日中に、予約しておいたメロンを弟に取りに行ってもらっていた。冷蔵庫に入れておいたので、丁度食べ頃だろう。

ルームサービスでお皿を借りて、半分に切って、その片方を三等分にした。残りは後日にまた食べるので、再び冷蔵庫に戻した。

「お母さん……食後のデザート、メロン食べましょ、お母さん好きでしょ……」

お寿司同様、一口大にして、口に運ぶ。

「どう?……おいしい……?」

母も、やっとという感じだ。

「お母さん、今日は、お風呂に美容室とお疲れさまでした。そろそろ寝る準備しようか？ねっ……」

歯みがき、トイレと済ませ、抱き抱えてベッドへ……痰を吸引して終了。

「お母さん、ごくろうさまでした。ゆっくり休んでね……明日は、正月だよ、明日もよろしくね。おやすみなさい」

九時過ぎには就寝した。

（やっぱり自宅と違って食事の準備や後片付けがないと早いな……）

僕と弟は、引き続き、〝紅白〟を最後まで見た。ときどき、母の様子を見る。

（少し呼吸が荒いな……元々、心拍数は速いけど……今日は、お風呂に入ったり、美容室に行ったりと慌ただしかったからな……。やっぱり、疲れたよな……。ぐっすり寝て、回復してもらおう。もうすぐ新しい年だ……来年は、いい年にしたい……）

朝が来た。いい天気だ。窓からは都心のビル群や遠くの山々がすかーっと見渡せる。

八時過ぎか……そろそろ母に声をかけるか……ルームサービスの〝おせち〟が九時に来

るからな。声をかけてみる……。

「お母さん、おはようございます。そろそろ起きませんか？　起きましょ……」

反応がない。深呼吸……速い……深呼吸なのに速い。……何かおかしい。単に疲れているのとは違う気がする。

隣の弟の部屋に〝おせち〟が運ばれてきた。しかし、〝おせち〟どころじゃない……。

〈ピンポーン〉

「帰ろう……一度自宅へ戻ろう……早く……！　自宅に帰って、訪問の先生を呼んで診てもらおう」

母をベッドから抱え上げて車いすに乗せ、上着をかぶせた。ほとんどの荷物を部屋に残して出る。

エレベーターに乗り、フロント脇の正面玄関からタクシーに乗り込む。元日の午前中の道路は、驚くほど空いている。おととい、三十日に意気揚々と出てきた道……この道を戻る……思いがけないかたちで……。

後部座席に僕の横にぴったりと座っている母……依然として反応がない……目をつぶったままだ。

（早く……早く……）

気持ちがあせる。正月のがらがらの道をタクシーは進み続ける。

（……もうすぐか……）

「あっ……」

母がゆっくりと目を開けた……僕を見ている。

「お母さん、もうすぐ着くからね、おうちに着くからね……」

母は、再び目をつぶってしまった……。

小一時間かけて、自宅に帰ってきた。

タクシーの後部座席から抱きかかえ自宅の中へ……リビングの窓際の介護ベッドに寝かせた。雨戸を開けると、僕は、すぐに訪問診療の先生に電話をした。

その間、弟が母のそばで付き添っていた……パルスオキシメーターを指にはさんで測ったりしていた。

しばらくして弟が、「……機械が反応しない……」と言った。

そして、「お母さん、息してない、息がない……」さらに「脈もない……」と。

再度、先生に電話、事態を伝えた。

「もうすぐ着きます」

先生が到着。リビングに入ってきて母の体に聴診器をあてる……脈をとる……左手首にはめた時計を見て、「十一時四十二分、ご臨終です……」と。

ご臨終……ドラマや映画でしか聞いたことがない〝ご臨終〟というこの言葉。父の死から二十四年、再び聞く、でもあの頃とも少し違うこの寂寥感を凝縮したような虚しいこの言葉……。そして月こそ違うが、父と同じ一日。これは夫婦の目に見えない絆なのだろうか。

無音の時……。

元日のやわらかな日差しが窓から降り注ぐ中、〝お母さん〟は、静かに八十六年の〝人生の旅〟を終えた。

穏やかな表情。死因は〝老衰〟との診断だった。

何だか嘘のようだ……信じられない……。

（僕は、母のことを、見誤ってしまっていたんだな……思っていた以上に衰弱していたのか……いや、衰弱させてしまったんだ……何てあっけない……いや、母はもう、いっぱい、いっぱいだったんだな……）

何ともいえない虚無感が漂う……。

僕は、そばで眠ったままの母の顔をただぼんやりと見つめていた……。

その間、弟は、葬儀会社を探し、手配していた。訪問医の先生と入れ代わりで訪問介護の看護師さんがやって来た。

三人で着ていたものを脱がせて、母の体をタオルで拭いていく……黙々と……ただ……新しい肌着に着替える。

（……昨日、着替えたばかりだったな……。取り替えた尿とりパッド……結構重たいな……。さっきまで生きていたんだよな……。本当にさっきまで……死ぬ直前まで……）

弟が手配した葬儀会社のスタッフがやって来た。……介護ベッドから、リビングの隣の和室に皆で母の体を移す。

普段使っている敷布団二枚を畳の上に……そして母を北枕で寝かせた。

体の上には、腐敗防止のため、大きめのドライアイスが乗せられた。……何か重そう……。

「お母さん……ごめん……」

こんなに小さな体の上に……ドライアイスの上に軽めの布団が掛けられ、その上につい一週間前のクリスマスにプレゼントした大判のおしゃれな膝掛けを広げた。こんな使い方をしたくなかったな……。

母の前には、簡易的な祭壇が設けられた。葬儀の段取りが決められてゆく……。

年末年始は火葬場に空きがないそうで、六日、金曜日の出棺となった。

もうすっかり日も暮れ、夜になっていた。

一度、ホテルに戻ろう、荷物も置きっぱなしだし……やっぱり日が暮れると寒いな……。

何度、考えても信じられない……昨日まで……いや、今日の朝までは生きていたのに……信じたくもない……。

自宅から夜道を歩き、ホテルの最寄り駅まで電車で戻る。部屋に入った。

朝出たときのままだ……部屋の様子を見て、多分、清掃に入らなかったみたいだ。ちょっと前までみんなと楽しく過ごしたこの部屋……置かれたままの〝おせち〟三つ……。一日、何も食べていない。けれど空腹ではない。不思議と体も疲れてはいなかった。

頭も驚くほど冴えている……今夜は眠れそうにない……昨日と今日、去年と今年、明と暗、そのあまりの落差に、ただただ運命のようなものに翻弄されている気がした。

とりあえず、すっかり冷めて固くなったおもちが入った雑煮、そして重箱に入った〝おせち〟を食べた……二人で黙々と……。

弟の携帯電話が鳴る……母の弟、僕らの叔父さんからだ……急遽、上京したのだ。今、自宅の前で待っているらしい。

そうか……母の臨終が言い渡されて、僕が慌てて連絡してしまったからだ。何の段取りも決まってないのに……。叔父さんは、すぐに通夜、告別式があると思い、急いで上京したようだ。

僕と弟は、再び自宅へ……。

東京とはいえ、真冬の夜、八十歳過ぎの人を外で待たせてしまった。申し訳ないし、体調でも崩されたら、叔父さんの奥さん、叔母さんにも顔向けできない……。急いで自宅へ帰る。

暗い自宅の前、寒空の下、叔父さんは待っていた。

「ごめんなさい……」

とりあえず、自宅の中に……母の眠っているところへ案内した。

それから、事の経緯を説明した。

とにかく今日は、三人でホテルに戻ることにした。叔父さんの体調を考え、タクシーで戻った。

弟のいる部屋を叔父さんに使ってもらい、僕と弟は同じ部屋を使うことにした。

いろいろ考えた末、明日一日はここに三人で滞在することにした。そして、予定通り、三日にチェックアウトした。

自宅に戻り、母が眠っている前に座る……。

「お母さん、留守してごめんね」

（何という年末年始だったのだろう。出発したときに一緒にいた人……大切な、大好きなお母さんはもういないのか……）

僕にとって一生後悔の残るつらい正月となってしまった……。

リビングの壁一面、導線の壁に貼られた写真、父と母が結婚したときのものから僕の子供の頃のもの、弟の子供の頃のもの、家族四人で写ったもの、そして三人で写った最近のもの……たくさん貼られた写真……僕と弟で一つ一つ丁寧に写真を剥がしてゆく。たくさんの思い出の詰まった家族の写真……その写真を、母が眠っているところに一つ一つ並べてゆく。……涙が出る……。一つ一つの写真に思い出が詰まっている……。

「ごめんね……こんなに冷たくなっちゃって……お母さんは、暑がりの寒がりだものね。ごめんね、助けてあげられなくて……。ごめんね、長生きする約束、守ってあげられなくて……」

（いつも、こんな風に寝てたな……）

僕は、母の顔に、冷めたくなったその顔に頬ずりした……。

おかあさん
いつも
ありがとう

四　お別れ

翌日、弟と二人で、母が亡くなったことを、お世話になったご近所の方々などに挨拶して回った。

その後、近所の方々が、母との別れに訪れた。


和室に北枕で眠っているお母さん……。

写真で覆いつくされている……家族の写真……。

その真ん中で、いつも笑顔のお母さん……。

ついこの間まで、こんなに元気だったのに……。

いつ見ても本当にいい笑顔だな、周りの人を一瞬で幸せに導いてしまいそうな〝まほうの笑顔〟、一つ一つがなつかしくそして愛《いと》おしい。母は自ら何かしてほしいという言動がほとんどなかった。俗に言う、控えめな性格である。こうして介護生活になってからも。でも周りが何かしてあげたくなっちゃう。何かほっとけない。そんな「人」としての魅力があふれている。その最たるものが必殺技の〝笑顔〟だ。あの笑顔は本当にすごい。〝100点満点の笑顔〟。母はだまされることがあった。しかし、人をだますことやうそをつくこともなく、悪口を言うのも聞いたことがない。そんな生き方をしてきた人にしかできないであろう〝まほうの笑顔〟。近所の方々も、その写真を一つ一つ手に取って見ている。母らしい、とても暖かみのあるお別れとなっていた。

そして、六日金曜日。今日は、出棺の日。午前中、十一時過ぎに自宅を出発する。葬儀会社のスタッフが到着、棺桶が運ばれてくる……母の体がその中へ。お化粧をし、髪もきれいに整えられて……。

あの日、お風呂に入って、美容室で髪もきれいにしてもらったのに、結局、死に支度になってしまった。いい年を迎えるはずだったのに……。

棺の中には、家族の写真、春夏用と秋冬用の帽子が二つ。去年の母の日に買ったものと二か月ぐらい前に買ったばかりのだったのに。そして、衣類、肌着、それらを色とりどりの花々が覆いつくしている。

（お母さん帽子がよく似合ってたよなー。それに、お母さんはお花が大好きだからね……

最後に棺の隅に、多分母が一番大切にしていたであろう、刺し子の巾着袋。この袋の中には、父から母に宛てた、小さな紙をさらに小さくたたたんだ〝かわいいラブレター〟がたくさん入っている。母がまだまだ元気だった頃、僕が家の片付けをしていて偶然、納戸のタンスの一番上の引き出しに入っているのを見つけた。母には内緒で読んだことがあった。

僕がまだ存在する、ずっと前の父と母の出会いの物語。父から母への熱烈なアプローチがたくさんたくさんつづられている。僕が知っていた父とは違う面を知った。父は亭主関白に近かったので、少し驚いた。こんなに母のことが好きだったのだな……と。改めて感動したし、感激した。

こうやって父と母とが出会い、夫婦で家庭を築き、僕と弟が生まれ家族で歩んできたんだな。母の認知力がもう少ししっかりしているときにもっといろいろ聞いておけばよかったな。僕の幼少期の頃のことやそのときの思い、そして母自身のこと……互いにしっかりしているときは何だか気はずかしくて聞けなかったな……。僕が未熟なんだと思う。

いよいよ蓋が閉じられて、棺は、リビングを通って窓から外へ……車の中へ運ばれていった。

霊柩車の助手席には僕が乗った。両手には遺影……この満面の笑み……つい一か月前、神宮外苑のいちょう並木――黄金色に染まったいちょう並木をバックにして、三人で撮った写真だ。あのときは、こんなに元気にしていたのに……。

この笑顔を終わらせてしまった……。

この写真を見るたびに、切なく、悲しい気持ちがこみ上げてくる。

近所の方が見送りにきてくれた。うれしさと悲しさが混在している。

……出発した。ここから斎場までは、約一時間ほど。

移りゆく車窓からの街の景色をぼーっと眺めている。母とのこれまでの人生の歩みを思い出している。考えてみると、この年回りは、いいことがなかったな……。十二年前は二度目の脳外科手術、さらにその十二年前はパートナーとの別れ、さらにその十二年前は胃の手術、そして今年は自らがいなくなってしまったのか……。

少しうとうとしてきた……。

気がつくともうすぐ到着みたい。いつの間にか眠っていたようだ。

斎場に到着した。ここに来るのは二十四年ぶりだ。父がお世話になった所である。まさか、母もここに来るとは……たまたまこうなった……父からのラブコールなのだろうか。霊柩車から棺が取り出され、台車に移される。閉めた棺のとびらが開けられる。僕と弟、叔父さんの三人は、母の寝顔の見納めをした。そしてとびらが閉められ、炉の中へ……母の入った棺が炉の中へ……。

三人は、控室で待った。……三十分ほどで呼び出された。

(……もう骨だけになってしまったお母さん……)

職員の方が、専用の箸で白いつぼの中に、きれいに詰めてゆく。頭の骨をかぶせてふたを閉め、木の箱に納められ、白い刺繍のほどこされた布で包み込んで、口の部分を蝶々結びでとめた。

ほんのちょっと手を伸ばせば届くところにあった、ついこの間まで僕のそばで存在し、街に出かけ旅行をし、元気に生活していたお母さん……。もう存在していないのか……。こんなにあっという間に小さなつぼに納まってしまって……。信じられないし、信じたくもない。出会いと別れ、生きてさえいれば、またどこかで偶然もある。しかしこの別れは……誕生と死、究極の出会いと別れ、人生そのものが一期一会なのだな。

売店で骨つぼ専用の袋を買ってその中に入れ、斎場を後にした。

叔父さんは、その足で九州に帰郷しなければいけない。体が万全でなく、今回留守番をしている叔母さんのことが気がかりだからである。

新年早々叔父さんを何日も引き留めることになってしまい、大変申し訳なかったな。僕と弟も、叔父さんに付き添って九州へ行くつもりだ。八十を超えて、老体に鞭打ってわざわざ上京してくれたのに……とても、ひとりで帰すわけにはいかなかった。それに、九州の叔父さんの所には、母の親も眠っている。遺骨を母の親の仏壇の前に置いてあげたかった。

斎場から徒歩、電車を乗り継ぎ品川駅から新幹線に乗車する。もう夕方だ……。

博多駅から在来線に乗り換えて、最寄り駅には、夜十一時過ぎに着いた。ここからタクシーで十五分ほどでようやく叔父さんの自宅に着いた。もう午前零時を回っていた。

ずっと帰りを待っていた叔母さんに挨拶し、母の遺骨の入った箱を見せた。

叔母さんは……泣いていた……そして、僕も……。

木の箱を仏壇の前に置いて、手を合わせた。

「ごぶさたしてます……ただいま……。ごめんなさい……お母さんをこんな姿にしてしまって……思っていたよりも早かったです……」

そう唱えた。

朝から目まぐるしい一日だった。

翌日は一日、僕が三食、料理をすると元々決めていた。

母と共に歩んだこの十二年間で一緒に食べたものを、叔父さんと叔母さんにも振る舞いたかった。どうしても……。

朝食は、目玉焼きとハム、ごはん、汁物、バナナのヨーグルト和え。昼食は、ナポリタンパスタ。夕食は、肉豆腐、ごはん、汁物、ほうれん草と小松菜のごま和え、トマトのヨーグルト和え。そして、翌日の朝食は、フレンチトーストにバナナのヨーグルト和えを添えて、紅茶。

朝食を終えて、帰る準備をした。

(もう八日か……初七日も過ぎたのか……)

たったの中一日、老夫婦を残して帰るのは少しつらい。

「お世話になりました……三人でうちに帰ります……」

手を合わせて唱え、仏壇の前に置かれた木箱を再び袋に納めて、両手に抱えて出発する。

「叔母さん……母の分まで、長生き……元気で長生きしてくださいね……」

別れ際にそう告げた。

最寄り駅までは叔父さんの運転で向かい、駅のホームまで見送ってもらった。

「叔父さんも、お元気で……夫婦揃って、長生きしてください……」

そう告げた。

ここから博多駅を経由して、新幹線で一路、帰京する。座席は進行方向の左側に座る。

静岡駅を通過してしばらくすると、窓からは夕方の空に雪化粧した富士山が顔を出した。僕は遺影を持ち上げて見せた。「とってもきれいだね」小声で話しかけた。お母さんは富士山を見るのが好きだったね、去年の誕生日、新幹線の窓から眺めて喜んでいた。一年前だったな。たった一年前、次の誕生日も必ず来ると疑うこともなかった去年の僕……。お母さんもそうだっただろう。……まさか、な……。

東京駅まで六時間近くかけて戻り、そこからタクシーでホテルへ直行した。家族の晴れの日によく利用していたこの場所、今日はここに宿泊することにした。

そして、翌日の九日、月曜日。この日は、母の誕生日だ。

予約していた別のホテルへは弟に先に行ってもらう。僕には途中、立ち寄る所がある。

美容室だ。本来は母を連れていくことになっていて、予約をしていた場所……。僕は、あえて、予約をキャンセルしなかった。今日、九日の誕生日に、母の代わりに行く……そう決めていた。

スタイリストは、前回、大晦日に母を担当した方を指名した。

母の最後の美容室の予約だったのでどうしても行きたかった。入り口で母の名前を伝えると、担当のスタイリスト、前回と同じトップスタイリストの方が出てきた。

「代わりに、僕が来ました……。母は、ここでお世話になった翌日、元旦に息を引き取りました……」

担当の方はとても驚いていた……。そうであろう。元気とは言い難いが、新年を気持ちよく迎えるためにここに来て髪の手入れをした人が、翌日、元旦にこの世からいなくなってしまったのだから……。

僕だってこの一週間、たったの一週間余でのこの急展開に、全くついていけてない。あまりに非現実的な感じで……。

自宅の近くには、元々、母の行きつけの美容室がある。ここはたまたまデパートの中で見つけて、そこの雰囲気が気に入って連れてきて……それから不定期に何回か来店していた。最近は、ここに来ることが増えていたのに……。

席に案内され、いすに座ると、スタイリストさんと鏡越しに会話をした。話題はもちろん、母のこと……。

僕との思い出話……楽しい思い出話……。楽しいのに、涙があふれる……。

髪を少しカットし、洗髪、スタイリング……。一時間ほどで仕上がった。

入り口で支払いをし、

「今まで母がお世話になりました。ありがとうございました」

と頭を下げ、店を出た。

入り口で担当の方が見送ってくれていた……。

「さようなら……」

そう唱えた。

五　八十七歳の誕生日

宿泊するホテルに向かう。

（お母さんと新年を楽しく迎えるはずだったのにな……そして今回の誕生日も……）

先にチェックインしていた弟と合流した。

その夜、僕と弟は、二人で母の誕生日を祝った。ケーキに8と7、数字のロウソクを挿した。僕の席の左隣には、木箱と遺影が並ぶ。そこにプレゼントを添えた。

「お母さん、八十七歳、お誕生日、おめでとう」

写真に向かって、二人で声をかけた。

また涙があふれた……。

今までの誕生日の中で一番切ない日になってしまった……。

（もう十日か……六日に自宅を出てからだからな……）

久しぶりの自宅、あの日、普段と変わらないような寝姿、棺の中に入った寝姿で家を出た。そしてこんなに小さなつぼの中に納まって帰ってきた……遺骨は、遺影と共に二階の床の間の祭壇に祀った。

主を失った、がらんとした我が家……今の我が家はもはや〝家〟としての体を成していない。〝お母さん〟のいなくなった〝家〟はただの〝箱〟でしかなくなってしまった。

リビングのソファー……窓際の隅のほうで座ってテレビを見ていたあの姿、おしゃべりするあの声、そして、あの笑顔……。

ついこの間まであの笑顔であふれていた日常のこの空間……部屋の壁いっぱいに写真がちりばめられ、あそこにはポータブルトイレが、横には車いすがあって……。

今でも母の動く姿が、残像が、僕の目には、はっきりと映っている。

そして玄関から浴室まで続く廊下、その導線の端々に取り付けられた数々の〝手すり〟。介護度が上がる度に増えていった〝手すり〟、この手すりにつかまって一生懸命動いていたな……。母の介護生活が始まったときからのこの〝手すり〟がいっそう寂しさを引き立てる。

帰宅途中に立ち寄る自宅近くのスーパー、歩道脇にある何のへんてつもないガードレール、僕が脇を抱え、支えながら頑張って歩いていたときもあったよな……、スーパーの店内には食品以外のものも陳列されている。この紙パンツに尿とりパッド、そしてお尻拭き、よく使っていたよな。本当はこんなもの使っちゃいけなかった、そういう老後にしちゃいけなかったのに……。どこを歩いても思い出ばかりだよ。思い出すのはつらいし寂しい……でも忘れられないし、忘れたくはない。

もう母には、つらい、悲しい、寂しいはない。うれしい、楽しい、おいしいもない。全てがなくなってしまった……何もかもなくなってしまった。母が一生懸命生きていたんだという証《あかし》は絶対に忘れない、僕が生きている限りは。テレビで母よりも年長者が元気で生き生きとしているのを見ると、とてもうらやましくなり、悲しくなる。母にもその条件はあったのにな……と。心の中にぽっかりと大きな穴があいてしまった。

ブラックホールとも言うべき底なしの穴、他の良い出来事、悪い出来事、これから身の回りで起こるであろうどんな出来事をもってしても埋めることもふさぐこともできない。背負い続けてゆくだけだ。

四十九日、春のお彼岸、お盆、秋のお彼岸。季節は移ろいゆく……。

僕は、一日のほとんどを過ごしたこの家に居ることができず、街を彷徨い歩き続けた。

……僕の〝道標《みちしるべ》〟であった〝お母さん〟。その大切な〝道標〟を失って、行き先もわからず、ただただ朝から晩まで彷徨い続けた。

そして、満開だった桜が散りかけた頃に、やっとこのサロンにたどり着いた。自分の居場所を見つけたのだ。

大きな窓の外には、東京駅の赤レンガが眼前に広がっている。

（駅前の広場、よくお母さんと歩いたよな……）

いろいろな思い出が走馬灯のように駆け巡る……。

でも、楽しい思い出よりも悲しい思い出が優先してしまう。あんなにたくさんの素敵な思い出を残してくれたのに……。

去年、十二月の入院中のリモート面会での〝あの笑顔〟。

退院の介護タクシーでストレッチャーに乗せられた〝お母さんの手〟をぎゅっと握りしめたときのこと。

帰宅後、母の手のひらに手相がなく、つるつるになっていたことへの驚き。僕はよく母の長生きを願っては手のひらの生命線を爪の先でのばしていたのだが……。今思えば、その後の非運を暗示しているかのようだった。
そして元旦、帰りのタクシーの中で、母が一度だけ開けた〝あのときの目〟……。
……思い出すたびに悲しく、そして切ない。
母に無理をさせていたという罪悪感が湧いてくる。

六　ざんげの日々

母が目標ほど長生きできず、予定よりも早く人生が終わってしまったことは、一生の後悔となった。長生きは、母と僕の共通の目標であり、僕の人生で唯一《ただ》つやりたいこと、成し遂げたいことだった。

人は、年を重ねるたびに人生の選択肢は少なくなり、できることが限られてくる。そうやって取捨択一して残ったもの。僕にとっての〝それ〟は、母を長寿にする、「元気で長生きさせること」だった。

「人間は、百二十歳、いや百五十歳まで生きられるんだよ。お母さんは八十六歳だから、あと六十四年はあるからね、まだまだだよ」なんて言うと、母は、きまって「あらー」と驚きの表情で応えてくれた。

「長生きしてれば、いいことあるからね。元気で長生きだよ」

そう言っていたのにね……。こんな日がくる、いつかはくる……。常に頭の片隅にはあった。母の肉体的、精神的レベルが年を重ねるごとに徐々に徐々に落ちてゆき、やがて寝たきりになって……。僕もそれに合わせてその都度、母との向き合い方に時間をかけながら折り合いをつけて……そう思っていた。しかしこのような事態が起こるとは想定もしていなかった。僕には、起こった出来事から次を先回りして〝予測する力〟が不足していた。もっと母を自由に動ける体にするために努力しなければいけなかった。僕は、どこかで諦めてしまっていたのか、足を引っぱってしまった……。この十二年間、何のためにそばに付いていたのだろう。

母は、僕の言葉を信じて、元気で長生きしようと頑張っていた。それなのに……。

（どうしてあんな目に、どうしてこんなことに……。お母さんは何も悪くないし、何の落ち度もないのに……。あんなことで終わってほしくなかった……。こんな終わらせかたしてほしくなかった……。はあ～……本当にくやしい……。かわいそうなことをしたな。結局、親孝行も恩返しも何もできなかった……）

おまけに、〝お母さん〟には、母親として、人生の先輩として僕にいろいろな景色を見せてくれ、時に〝恋人〟、時に〝奥さん〟、時に〝友人〟、そして、ある時は〝子供〟といろいろな役割を担ってもらった……。

〝親孝行したいときに親はなし〟どこかで聞いたこの言葉、今の僕にぴったりの言葉、そしてこれもどこかで聞いた「人生は死ぬまでのひまつぶし」。それも一理だな……。

＊

いつの間にやら十月も半ばを過ぎ、もうすぐ冬がやって来る。

サロンの大きな窓からは、いろいろな景色が目に映る……。

母親と小さな子供が手をつないで歩いている。若い親子……あの親子も五年、十年、二十年、そして五十年と年月《としつき》を重ね、そのときどきでの親と子の関係も変わってゆき、いつかは親も老い、子供が介助して……そんな日がいずれ来るんだな……。遠い先のこと……でも過ぎてしまえば……。

振り返ってみると、あっという間なんだよな……。
過ぎた人だけにしかわからない。進んでいる人にはわからない。
人生は、長いようで短い……。
身近な人との人生は、もっと短い……。
人は、誰かをしあわせにしようとしているときが、しあわせなのかもしれない。
身近な人の〝笑顔〟……。
笑顔こそが大切な〝たからもの〟である。

「お母さん……人生の旅は、いかがでしたか。
楽しかった？
一緒に長生きの〝旅〟、したかったよね……」
（お母さんの〝笑顔〟をもっともっとそばで見ていたかったよ……。
髪がきれいで笑顔がかわいい、おしゃれでチャーミングなお母さん……）

「僕を産んでくれてありがとう、育ててくれてありがとう。僕の作った料理、おいしく食べてくれてありがとう。僕に体をまかせ、介護させてくれてありがとう。いつもそばについていてくれてどうもありがとう」

「もう夕方か……」

店内にはショパンのエチュード第3番が流れていた。マジックアワーとも言われる黄昏《たそがれ》時、赤レンガやビル群に灯がともり一日のうちで特に美しい時間帯だ。

「そろそろ帰ろうか……」

エピローグ　天国のお母さんへ ――

街を歩く……。いつものように話しかける。

（あのショーウィンドーに飾られた服や帽子にアクセサリー、お母さん似合うだろうな）

「お母さん、いいの見つけたよ」

（着てもらいたいな……）

（あのショーケースに入っているお菓子、お母さん好きだろうな）

「おいしそうだね、買って帰ろうか」

（食べさせたいな……）

「チッ」という舌打ちの後、「はあー」というため息。家でも外でも、ひとりでいると思わず出てしまう。

「お母さんがいたら怒られちゃうな。いたら、してないよね」

僕は以前「生きてるうちが華だよ」「死んだら何もないんだよ」などと言っていたけど、少し違ったな。お母さんはいなくなってなお、ますます存在感が増しているね。生きている限り旅は続く。お母さんは僕の〝パワースポット〟だった。そして、これからも……。

二人三脚で紡いできた面影を胸に、その息吹を感じながら毎日を生きています。お母さんは、大切な、大切な、〝たからもの〟だからね。

〝まごころ〟に感謝。

（完）

著者プロフィール

おゆざき ひより

1964年生まれ。

このたび、母との12年の介護生活で教えてもらった「まごころ」を絵本やイラスト、活字で表現することをはじめる。

おきぶみ

2024年10月17日　初版第１刷発行

著　者　おゆざき ひより
発行者　瓜谷 綱延
発行所　株式会社文芸社
〒160-0022 東京都新宿区新宿1－10－1
電話 03-5369-3060（代表）
03-5369-2299（販売）

印刷所　TOPPAN クロレ株式会社

ISBN978-4-286-25751-8